L 44
d
7

AF385384

L 44
d
7

RECIT
VERITABLE
DE CE QUI EST ARRIVE'

dans le rachapt des Captifs, qu'ont
fait les Religieux de l'Ordre de Nôtre-Dame de la Mercy, en la ville
d'Alger en Barbarie, pendant les
mois d'Avril & May 1678.

*Composé par un Reverend Pere, Religieux du mesme
Ordre, qui en cette Redemption a recouvré sa liberté,
aprés avoir demeuré quelque temps en esclavage
chez les Turcs.*

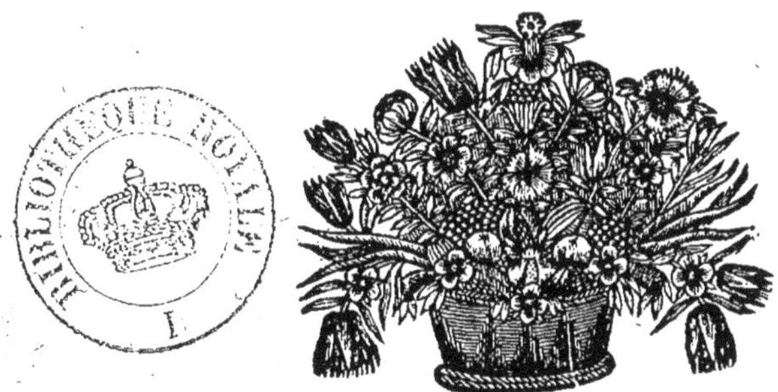

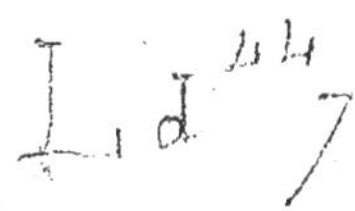

A PARIS,
Chez CHRISTOPHE JOURNEL, ruë S. Jacques,
à l'image saint Jean.

M. DC. LXXVIII.
AVEC PERMISSION.

RÉCIT
VÉRITABLE

DE CE QUI EST ARRIVÉ

... de la Misere, en la ville ...

... 22. May 1698.

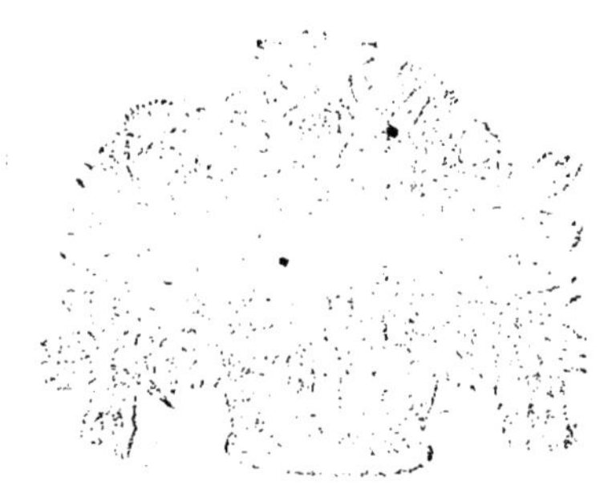

A PARIS,

Chez ... rue ... JOURNAL des Sçavans ...

AVEC PERMISSION.

les Religieux de la Mercy de France, qui font un 4. Vœu de Rachepter les Captifs, et en cas de besoin de demeurer en leur place, ayant lan 1662. rachepté en Alger environ 100 Esclaues, et l'a 1666. fait une redemptio. a Tunis, et en l'ãnée 1667, une autre en Al.

RECIT VERITABLE DE CE QVI EST

arrivé dans le rachapt des Captifs, qu'ont fait les Religieux de l'Ordre de Nôtre-Dame de la Mercy en la ville d'Alger en Barbarie, pendant les mois d'Avril & May 1678.

LES Religieux de France de l'Ordre de la Mercy, ayant avec Permiſſion de ſa Majeſté, fait un rachapt conſiderable d'un bon nombre de Captifs tous François en l'année 1674. & un autre avec bien de la dépenſe ſur la fin de l'année 1675. en la ville de Salé prés l'Ocean au Royaume de Fez & Marroc, ont encores depuis retiré des Mazzemores de Barbarie à diverſes fois pluſieurs particuliers, qui à cauſe des miſeres de l'eſclavage eſtoient en danger de renier la Foy, deux deſquels ont tout recemment coûté à la Communauté de Paris huit cens quatre eſcus.

Le Reverendiſſime Pere Sebaſtien de Velaſco, General du meſme Ordre, eſt durant ce temps entré en Charge, mais avec déplaiſir de ne pouvoir employer ſans delay les deniers de la Redemption amaſſez dans l'Eſpagne, au ſujet d'une peſte continuelle qui a affligé la ville d'Alger durant deux années ; laquelle ſelon le dire commun, a cauſé la mort à plus de deux cens mille Mores ou Turcs, tant dans la Ville, qu'en la Campagne, & à plus de cinq mille Captifs de toutes Nations. A ce ſujet il ſollicita la permiſſion pour faire les Rachapts en d'autres endroits de l'Afrique ; mais elle luy fut refuſée, auſſi bien qu'à ſon predeceſſeur, dautant que l'on eſtoit informé que dans les eſtats differens de celuy d'Alger, il n'y avoit pas ſuffiſamment de Captifs Eſpagnols pour employer en leurs rachapts les aumoſnes des Provinces de Caſtille & d'Andalouſie.

Mais ſi-toſt qu'on eut des nouvelles aſſeurées, que la contagion avoit ceſſé à Alger, le Conſeil ordonna à la demande du Seigneur Dom Antoine de Monſalve, Protecteur de la Redemption, qu'on fiſt tous les preparatifs pour executer cette entrepriſe, & le Reverendiſſime Pere

Pere General délivra ſes Patentes aux Deputez de la Province de Caſtille, ſçavoir les Reverends Peres Michel Mayers, qui a eſté cy-devant Vicaire general de la nouvelle Eſpagne en Amerique, & François Tineo, lequel a déja tres-bien réüſſi en trois celebres Redemptions faites à Alger : Le Reverend Pere Melgarés, Procureur general de Seville, & Commiſſaire pour les Indes, fut deputé par la Province d'Andalouſie. Ils ſe rendirent tous à Alicante au Royaume de Valence ; car encores qu'il y ait plus de frais à faire en ce Port, & que les Captifs à leur retour y ſouffrent plus d'incommodité qu'ailleurs, il y eut neceſſité de le choiſir, à cauſe de la contagion de Cartagene.

Ayant freté un Vaiſſeau avec la ſomme de deux mille eſcus, ils s'embarquerent, & partirent le 25. jour d'Avril de cette année 1678. & ſouffrirent une tourmente & tempeſte eſtant à la rade d'Alger ; mais aprés qu'ils ſe furent recommandez à Dieu, & à la ſainte Vierge, elle ceſſa, ſans qu'ils en euſſent receu aucun dommage ; Ils entrerent dans le Port ſi-toſt qu'il fit jour, le Mercredy 27. d'Avril, les murs de la Ville eſtant déja bordez de Captifs, qui par leurs cris faiſoient connoiſtre leur joye exceſſive de l'arrivée de ces charitables Marchands.

Les Officiers ayant fait viſite & inventaire de ce qui eſtoit dans le Vaiſſeau, & l'argent ayant eſté porté à la Doüane, pour en faire declaration, & payer les droits (qui ſont cinq eſcus au moins pour cent) les Peres furent conduits à une Hôtellerie, eſtant environnez d'un millier de Captifs.

Ils commencerent les rachapts ſans prendre un ſeul jour pour ſe delaſſer, eſtant plus qu'il ne ſe peut exprimer, preſſez par les pauvres Chreſtiens, qui expoſoient leur miſere, chacun eſtimant la ſienne plus grande & plus inſuportable que celle des autres. La verité eſt qu'elles vont toutes à tel excés, qu'on ne peut diſcerner quelle eſt la plus fâcheuſe de toutes. Mais ces infortunez Chreſtiens s'efforçoient d'attendrir & émouvoir les cœurs des Peres Redempteurs, qui tâchoient de les conſoler tous avec leurs diſcours, & plus par les grandes aumoſnes qu'ils faiſoient, eſtant eux-meſmes inconſolables de ne pouvoir donner à tant de perſonnes l'entier ſoulagement, & la liberté à laquelle ils aſpiroient. Afin que l'argent reſtât en aſſeurance, il fut neceſſaire avant la nuit de congedier de la maiſon des Peres tous ceux qui n'eſtoient pas de leur famille : mais l'empreſſement de quelques eſclaves de ſortir de leur miſere eſtoit ſi grand, qu'afin d'informer au plûtoſt les Peres, il y en eut qui ſe cacherent, les uns dans des

eſcuries

escuries sous du fumier , d'autres prés de la chaux vive , qui estoit dans la maison pour quelque bâtiment ; d'où ils se retirerent estant brûlez , faisant tous connoistre par leurs diligences , & sollicitations extraordinaires , la grieveté des maux qu'ils souffroient en leur esclavage. Leur infortune est si déplorable , que quelques fortes expressions qu'on employe pour la faire connoistre , on ne peut pas bien expliquer les circonstances des moindres maux qu'ils endurent. Pour de tres legers sujets , on les meurtrit à coups de cordes , & on leur fait tomber sur les plantes des pieds , sur le ventre , & autres parties du corps , une gresle de coups de bastons , sans que ces cruels Bourreaux fassent nulle reflexion , qu'ils les tuent par ce procedé inhumain. Ils croyent se justifier , en disant que le Chrestien est leur bien , & leur marchandise , & qu'ils en peuvent disposer sans contredit à leur volonté. Ils les attachent comme des bestes au joug des charettes , & les obligent à force de coups , quoy que dépourveus de toute vigueur , & languissans , de traîner de la chaux , du sable , & des pierres pour leurs bastimens : Ils les traitent dans leurs maladies pis que des chiens ; car leur loy les oblige de soigner ces bestes s'ils les trouvent blessées dans les ruës ; mais ils n'estiment pas qu'en vertu d'aucune loy ils soient tenus d'avoir compassion de leurs esclaves , de quelque maladie qu'ils soient affligez.

Il se presenta aux Peres Redempteurs beaucoup d'occasions de mortification , desquelles il n'est pas fait icy mention , à cause que leur modestie en a osté la connoissance ; mais on ne peut tenir caché ce qui arriva à un des Peres de Castille. Allant par la ruë il receut un soufflet de la main d'un More , un Turc improuva cette action ; & comme il estoit sur le point d'aller demander justice au Divan , ou Conseil , où le More auroit esté condamné à recevoir au moins deux cens coups de baston , il en fut empesché par le Pere Redempteur , qui luy representa que les Chrestiens , Religieux & Redempteurs resistoient à ce mauvais traitement , en presentant l'autre jouë ; La chose reüssit de cette maniere pour la correction du More , à l'édification du Turc , & à la grande satisfaction du Pere Redempteur. Ils receurent aussi beaucoup de mécontentement à cause que les Officiers d'Alger , au prejudice de l'accord & traité qui avoit esté fait , les obligerent de retirer quelques captifs , dont le rachapt ne pressoit pas tant , & n'estoit pas si necessaire.

Ce qui leur perça plus le cœur , & affligea davantage tous les Chrestiens , ce fut le malheur d'un petit Ange , d'une fille âgée seulement de quatre ans , la plus belle qu'il y eut en la ville d'Alger ; Son

B

Patron en accorda le rachapt, à condition que les Peres luy payaſ-
ſent auſſi la rançon de deux parens de la petite captive, & de quelques autres eſclaves ; le tout fut fait ſelon qu'il avoit eſté concerté à
la grande ſatisfaction des Peres, afin de conſerver dans l'Egliſe cette
jeune Chreſtienne, qui à cauſe de ſa tres-rare beauté couroit grand
riſque de ſa perte. Quelques Turcs pouſſez par le malin eſprit s'a-
dreſſerent au Roy, ſe plaignant de l'injuſtice que l'on faiſoit contre
leur loy, mettant au pouvoir des Chreſtiens une jeune fille, orpheli-
ne de pere & de mere, élevée dans la langue & façon de vivre des
Mores, avant l'âge de pouvoir choiſir la loy qui luy agréeroit le plus.
L'ayant fait paroiſtre ſur le champ, les Peres Redempteurs ſe pre-
ſenterent aprés elle, ils expoſerent l'injuſtice qu'on leur faiſoit, cette jeune eſclave ayant eſté baptiſée, & portant le nom de Marie,
comme elle-meſme le diſoit ; qu'encores qu'elle fût privée de pere &
de mere, neantmoins elle avoit des parens qui la demandoient ; que
ſon Patron l'avoit venduë comme ſon eſclave Chreſtienne, & qu'eux
l'ayant publiquement acheptée, elle leur appartenoit. Mais les Peres
ne vinrent pas à bout de leur deſſein, parce que pluſieurs Turcs eſtant
à la porte, faiſoient des menaces au Gouverneur, au cas qu'il la dé-
livrât aux Chreſtiens ; & declaroient qu'ils feroient perdre la vie aux
Peres Redempteurs, qui ſe retirerent avec beaucoup de déplaiſir, lequel s'augmenta le lendemain matin, lors qu'ils apprirent que l'enfant eſtant veſtuë à la façon des Mores, & diſoit qu'elle s'appelloit
Fatima, quoy que le jour précedent elle publiât qu'elle ſe nommoit
Marie. Ils abandonnerent le ſalut de cette petite innocente à la divi-
ne Providence.

Le Ciel repara en quelque maniere ce dommage, & verſa plus de
benediction pour la conduite de l'affaire qui concernoit une autre
enfant âgée de trois ans, & qui approchoit de la beauté de la premiere. Son Patron s'eſtoit déterminé de la marier un jour avec un
ſien fils unique, & pour ce ſujet il la tenoit ſeparée de ſa mere ; mais
il plût à Dieu que peu de temps avant l'arrivée de la Redemption, le
petit Turc mourut ; aprés quoy le Pere conceut de l'averſion pour
la jeune captive, de ſorte qu'à chaque parole agreable qu'elle pro-
nonçoit, il luy donnoit des ſoufflets, en luy diſant, *Chienne, il auroit
beaucoup mieux valu que tu fuſſe morte, que mon fils ;* Il la vendit avec
ſa mere, elle s'appelle Federique, & vient de parens Flamands ; elle
n'eſt pas baptiſée, on attend ſa mere, qui eſt demeurée malade à
Alicante, pour luy faire recevoir ce Sacrement.

Devant que de ſortir d'Alger, il arriva un accident, qui pouvoit cauſer un eſtrange embarras à la Redemption. Comme on marchoit par la Ville pour s'aller embarquer, il y eut ſi grande foule dans une ruë eſtroite, qu'à la preſſe on s'étouffoit les uns les autres ; Un des Peres Redempteurs appercevant vis-à-vis de ſoy un portail, il deſira y entrer, juſqu'à ce que la foule fuſt paſſée, il s'en approcha, & eſtant ſur le point de monter deux degrez, un Renegat l'empeſcha d'entrer, & l'arreſta, en luy diſant, *Pere n'avancez pas, ne voyez vous pas que c'eſt une Moſquée, & que ſi vous entrez, il faut ſe reſoudre à l'une de deux choſes, ou à renier, ou à eſtre brûlé vif ?* Le Pere ſe retira, & rendit graces à Dieu, de ce que par ce moyen il l'avoit délivré, & la Redemption d'un danger ſi évident.

La grande peine que prirent durant tout ce temps deux Religieux laïcs, Compagnons des Peres Redempteurs de Caſtille, nommez Freres Paſchal de Garcia, & Manuel de la Mere de Dieu, leur cauſa de grandes maladies. Le premier fut obligé de s'arreſter à Alger, où il mourut l'onziéme jour ; le ſecond montant dans le Vaiſſeau, peu de jours aprés il rendit ſon ame à Dieu : ç'a eſté un grand avantage, & un bon-heur ſingulier à tous les deux, de mourir en accompliſſant le Vœu admirable de leur Religion.

Une captive enceinte entra dans le Vaiſſeau pour retourner en ſon païs, & dés le lendemain elle accoucha ſur mer : Or, c'eſt un ſujet d'admiration à nous tous qui en ſommes témoins, que ny alors, ny durant tout le temps que la Redemption demeura à faire le chemin de Madrit, elle ne pleura jamais juſqu'à ſon entrée dans l'Egliſe de Nôtre-Dame de la Mercy de cette Cour de Madrit, où à la veuë de tout le monde elle verſa des larmes, que nous pouvons pieuſement croire eſtre des remercimens, & graces qu'elle rendit à Dieu pour ſe trouver en terre des Chreſtiens.

Les Captifs racheptez montent au nombre de quatre cens cinquante ; Il y a de jeunes enfans trente-ſix, d'Eccleſiaſtiques ſeculiers cinq, de Religieux cinq : deux de l'Ordre de ſaint Dominique, deux de ſaint François, & un des Carmes. De femmes dix-huit, il y a pluſieurs Cavaliers, & un de l'habit de Chriſt, bon nombre de Capitaines, ſoldats, & autres perſonnes de conſideration.

La Redemption arriva à Alicante, tous mettant pied à terre avec la joye qu'on ſe peut perſuader, & gouſtant leur bon-heur. Dieu permit qu'il nous arrivât un evenement fatal. Le cas fut, que l'Eſcrivain, ou Secretaire de la Redemption, aprés avoir eu trois ſincopes, mourut en trois jours : Comme les Medecins & Chirurgiens eurent fait information, ſans que les Peres Redempteurs s'en mélaſſent, les

Confuls ou Echevins l'envoyerent au Viceroy ; les lieux voiſins publierent que cet homme eſtoit mort de peſte, & quelques-uns refuſerent le commerce à la Ville, ce qui y cauſa un grand trouble & remuëment ; alors nous receûmes commandement de nous retirer tous dans une Iſle appellée ſainte Pole, & avancée de trois lieuës dans la mer. Elle eſt ſans habitans, & il n'y paroiſt aucun arbre ; on y trouve quelques grottes, mais elles ſont ſi humides & pleines de ſable, qu'on a horreur d'y entrer. Le Soleil y darde ſes rayons de toutes parts, ſans qu'on puiſſe ſe deffendre des incommoditez de la chaleur, ny de l'eau. L'on faiſoit venir les vivres de la Ville dans une barque, & comme on ne permettoit pas qu'on eût ſa proviſion d'eau de la fontaine, il y avoit neceſſité de la tirer d'une mare ou foſſe, de ſorte que dans peu d'heures elle ſe corrompoit ; ainſi beuvant de l'eau gâtée, & ſe nourriſſant d'alimens corrompus, & pleins de vers, il n'y avoit perſonne qui ne jugeât, que tous en deviendroient malades, & que pluſieurs en mourroient. Le bruit auſſi ſe répandit dans le Païs, que chaque jour il mouroit huit captifs, & que tous les autres eſtoient malades. Il y avoit d'ailleurs grand danger de la vie, ſi (comme il arrive ſouvent) la mer eût eſté agitée de tempeſte, & qu'il ſe fut paſſé pluſieurs jours ſans que la barque eut pû faire le trajet neceſſaire, car ce défaut de communication avec la Ville auroit fait perir tous ceux de noſtre compagnie.

On eut auſſi avec raiſon crainte d'eſtre pris par les Mores, & de tomber en eſclavage, ceux de la Ville ne pouvant remedier à un ſi fâcheux accident : ce qui fut cauſe qu'ayant fait achepter en la Ville des munitions, & le Gouverneur ayant fourny des mouſquets & autres armes, on forma cinq Compagnies, & on diſtribua les Offices, & marqua les endroits par où il y avoit neceſſité de défendre l'Iſle, Or entr'autres choſes il arriva comme un miracle, parce qu'il y eut un demeſlé entre les differentes Nations, à la diverſité deſquelles on avoit eu égard en diviſant les Compagnies. D'un coſté les Caſtillans, les Andalous & les Canariens, faiſant enſemble un party, attaquerent tous les autres ; & s'eſtant mis en eſtat de leur nuire avec leurs dagues, & leurs eſpées, il n'y eut pas de coup qui porta ; & meſme pas un des eſclaves ne fut bleſſé, ny meſme aucun des Eccleſiaſtiques & Religieux, qui avec les Peres Redempteurs alloient au milieu de tous ces gens tranſportez de colere, afin de les ſeparer ; & aprés que la paix fut eſtablie, il n'y eût pas enſuite la moindre conteſte, mais autant d'union & de bonne intelligence, que ſi rien de toute cette querelle ne fût arrivé.

Le

Le Reverendiſſime Pere General ſçachant noſtre beſoin , & le riſque que nous courions, premierement envoya au plutoſt des Lettres,
afin qu'on nous donnât toute aſſiſtance ; de ſorte que dans un lieu de
grande diſette rien ne nous manqua ; d'où cette ſacrée Religion a de
grandes obligations au tres-illuſtre Cavalier Dom Michel Boïl Gouverneur de la Ville. La ſeconde choſe que fit le Reverendiſſime, fut
de donner avis à ſa Majeſté (que Dieu conſerve) du danger auquel
nous eſtions , laquelle par ſa pieté ordonna qu'on nous retirât de
l'Iſle , & qu'on nous receût à terre ; ce qui s'executa, ſortant l'un
aprés l'autre ; & les Medecins & Chirurgiens nous examinant, nous
faiſoient aller en un lieu ſeparé , ou aux frais de l'Ordre ſacré de Nôtre-Dame de la Mercy il y avoit du linge , & des habits preparez pour
nous changer, ce qui ſe fit ponctuellement ; & tous ceux qui y ont
eſté preſens, ont publié cela par tout comme une choſe merveilleuſe.
Enſuite on nous enferma dans la cour d'un Chaſteau, laquelle eſt
quatre fois plus grande que la place de Madrit, où noſtre ſanté fut
encore en plus grand danger que dans l'Iſle ; parce que ſi dans cette
premiere retraite il faiſoit Soleil , nous eſtions rafraîchis de l'air qui
eſtoit agité ; mais en la derniere le Soleil nous brûloit, & le feu qui
nous venoit des rochers nous grilloit. S'il pleuvoit dans l'Iſle , nous
avions beaucoup d'habits, & autres choſes pour nous couvrir ; mais
dans cette cour nous n'avions qu'une ſimple robe ou jaquette, & des
calçons de linge teint. Or dans ce dernier lieu parût la puiſſante
main de Dieu, puiſque tous tant hommes , que femmes & enfans,
nous avons conſervé une parfaite ſanté , ſans que perſonne ait ſeule-
ment ſouffert aucun mal de teſte.

La quarantaine eſtant achevée, on donna à chacun ſes dépeſches,
& la plus grande partie ſe retira en ſon Païs. Nous ſommes arrivez
environ deux cens à Madrit ; le tres-conſiderable Convent de Nôtre-Dame des Remedes nous nourriſſant juſqu'au Jeudy 21. jour de
Juillet, auquel ſe celebra une Feſte, & ceremonie tres-ſolemnelle en
action de graces, tous les Captifs faiſant la ſainte Communion ; &
aprés on nous donna dans le Cloiſtre un repas ſplendide, auquel le
Reverendiſſime Pere General, les Provincial , Commandeur, Peres
Graves, & tous les autres Religieux du Convent ſervirent à table.
Vers le ſoir la Vierge de la Mercy, accompagnée de tous les Captifs,
alla par les ruës avec de grandes acclamations de toute la Cour, &
de tendres ſentimens de ſa Majeſté (que Dieu conſerve) qui vit cette
Ceremonie en ſon Palais : *Que Dieu (s'il luy plaiſt) faſſe proſperer cette*
Religion Royale , qui avec tant de ſoins, fatigues & dépenſes, ſoulage ces
Chreſtiens affligez.

Declaration des frais qui se font pour le rachapt des Captifs.

AFin de satisfaire la curiosité de plusieurs personnes, on a crû qu'aprés cette Relation envoyée d'Espagne, il estoit à propos de donner l'éclaircissement suivant. Les Peres d'Espagne de l'Ordre de la Mercy, l'année 1675. rachepterent en la ville d'Alger, costé d'Afrique sur la mer Mediterranée, avec la somme de six-vingt dix mille piastres ou escus, le nombre de cinq cens dix-neuf esclaves ; & és mois d'Avril & May de cette année 1678. avec cent dix mille escus ; ils en ont encore rachepté au mesme lieu quatre cent cinquante-un ; mais la crainte d'ennuyer le Lecteur est cause, que dans la liste qui suit, on s'est contenté de rapporter seulement les noms de deux cens quatre personnes, qui ont cousté plus cher que les deux cent quarante-sept autres ; desquelles afin d'éviter d'estre trop long, on ne fera pas mention, retranchant ainsi une partie de ce qui est dans l'original en langue Espagnole.

Au reste pour donner éclaircissement sur les dépenses qui se font pour le rachapt des Captifs, il est à propos de sçavoir premierement, que les Religieux fretent à leurs frais un Vaisseau en Europe, afin de ramener les Esclaves, lors qu'ils seront racheptez, avec moins d'incommodité, & avec tout ce qui se pourra de diligence ; & le marché se fait pour cinq ou six semaines.

Secondement les Religieux de France, & souvent ceux d'Espagne, font assurer leur argent par un grand nombre de Marchands, desquels chaque particulier n'assure pas d'ordinaire pour sa part plus haut que quatre ou cinq cens livres, & selon le risque que l'on peut courir à trajéter en Afrique, à cause de la saison, des courses des pyrates, des temps de guerre entre les Royaumes, & autres estats, & eu égard à la distance des lieux, & la longueur de la navigation : on paye par avance dans Marseille, Lyon, Montpellier, Bayonne, Bourdeaux, la Rochelle, ou autres lieux, quatre, cinq, six, ou sept pour cent.

Troisiémement, quoy que tout l'argent qui est porté par les Religieux en la ville d'Alger, doive estre employé au rachapt des Captifs, & en cette seule marchandise ; neanmoins l'ordre d'Alger, & des autres Villes Mahometanes, est que les deniers qui y entrent, ne soient pas à la disposition des Peres, ny des Marchands, & qu'on n'en puisse faire aucun rachapt, avant que les Peres ayent payé le droit d'entrée, qui monte à quatre ou cinq pour cent; & de là vient que les Religieux n'ont point dans Alger de centaine d'escus, qui ne leur couste environ dix escus pour estre rendus dans la Ville.

Quatriémement, chaque Patron ou proprietaire d'un esclave, le considere comme une marchandise acheptée pour son utilité, & laquelle il ne doit pas revendre que dans la veuë de s'enrichir ; Il l'appretie selon qu'il luy plaist, & est le Juge de cette taxe, si mesme pour quelque consideration particuliere il ne veut pas vendre son esclave, on ne peut pas l'obliger à s'en défaire. Pour le taxer à un prix fort haut, il se fonde sur ce que selon sa pensée, & les apparences, tel esclave appartient à des parens riches, qui ont moyen de payer pour luy une chere rançon, ou sur ce que l'esclave a eu charge & authorité dans le Vaisseau, ou qu'il est de condition qui passe le commun; ou sur ce que l'esclave est robuste, vigoureux, & capable de rendre grand service, ou sur ce qu'il est industrieux, sçait un bon mestier, & est profitable à son Maistre, qui en le loüant à autruy, en peut tirer de l'argent chaque mois. Par fois le Maistre a esté trompé en l'acquisition de son esclave; & l'ayant achepté beaucoup trop cher, lors qu'il a esté exposé en vente, il ne veut pas le revendre à son préjudice & dommage ; & de là vient que certains esclaves de qui on a eu trop d'opinion, ne retournent qu'avec grande difficulté entre les mains des Chrestiens. La Liste suivante fera connoistre qu'il n'y a point de prix qui soit égal pour plusieurs esclaves ; & que comme il dépend du caprice de chaque Patron d'appretier son esclave, selon que luy dicte son avarice, il faut que plusieurs pauvres Chrétiens perissent entre les mains de ces barbares, si on veut se roidir à ne donner que quatre ou cinq cens livres pour le rachapt de chacun d'eux.

Cinquiémement, quand les Religieux, où les Marchands estant convenus du prix de l'esclave avec son Patron, en la presence du truchement (qui en ce negoce fait office de Notaire) ont délivré leur argent, & receu l'esclave, il n'a pas la liberté de sortir de la Ville, & retourner en Europe, qu'on n'ait auparavant payé pour luy les Portes, & le droit ordonné pour la sortie de cette marchandise. De là vient qu'à chaque Redemption il se trouve plusieurs Chrestiens déja francs, mais qui peut-estre ne sortiroient jamais de ce Païs barbare, si on ne les secouroit, en payant pour eux le droit des Portes. Tel Chrestien affranchy, quoy qu'il ne soit pas à la verité contraint à un travail excessif, si ce n'est pour vivre, néanmoins sa condition n'est pas beaucoup meilleure qu'avant son rachapt; car d'un costé estant dépourveu de la protection de son Patron, il est sujet à beaucoup d'insultes de la part des Turcs, qui conservent toûjours de l'horreur de ceux qui ne suivent pas leur loy. D'ailleurs il est encore plus exposé aux flateries & sottes propositions des Mahometans, dont quelques-uns ne manquent pas de luy representer, qu'estant à present franc & hors d'esclavage, il aura plus d'avantage à se faire Turc ; & ayant pris le turban, se faire dés le lendemain soldat & Janissaire, qu'à retourner en Europe, & y gagner sa vie avec de grands travaux, & (s'il est homme de mer) en s'exposant à tomber encore dans l'esclavage.

Sixiémement, le prix des Portes, & du droit de sortie n'est pas fixé, mais il est haut à proportion de l'excés de la somme principale du rachapt: Si un vieillard octogenaire, à cause de sa langueur n'estoit vendu que cent escus, ses Portes monteroient à quarante-cinq escus ; & on ne peut pas composer pour ce point, qui ne dépend nullement du Patron. Pour une rançon de mille escus, il est dû de Portes en rigueur cent douze escus. Mais les Peres de la Mercy, & autres Religieux font un traité avec le Divan, ou Estat, & d'ordinaire on leur accorde cette close de ne payer que trente-neuf piastres & demie, ou au plus quarante escus pour le droit de sortie de chaque esclave ; neantmoins le Divan ne veut pas d'ordinaire consentir que cette close s'estende à ceux dont le rachapt excede cinq cens escus.

Septiémement, avant que l'esclave parte, il faut payer ses debtes, ou le cautionner, & payer le droit qui quelquefois est attribué au gardien du Bain, qui est comme le concierge & le directeur de la prison ; cela consiste environ en douze ou quinze escus.

Huitiémement, si le Conseil d'Alger, pour raison d'Estat, retarde de quinze jours, plus ou moins, le depart de la troupe des esclaves, les Peres sont obligez de faire beaucoup de dépenses pour les nourrir, les loger, & subvenir à d'autres besoins dans la Ville, & aprés de faire de grandes provisions, afin que les vivres ne manquent pas sur mer, mesme au cas que le defaut de vent fasse prolonger le temps de la navigation.

Neufiémement, lorsque les esclaves sont descendus à terre, il faut donner nouvel ordre à leur nourriture, & les secourir en leurs pressans besoins : & quand ils sont sur le point de prendre la route de leur Païs, les Constitutions de l'Ordre de la Mercy obligent les Religieux de les habiller honnestement, & de leur donner dequoy pouvoir, sans mendier, achever leur voyage.

Il ne se fait point de Redemption par les Religieux de la Mercy, en la ville d'Alger, qu'ils ne soient tenus de faire toutes les dépenses cy-dessus marquées ; & quelques autres ; comme de payer un quart de piastre pour chaque esclave racheté, applicable au petit Hôpital estably pour quelques Captifs Chrestiens griévement malades, & de bailler à plusieurs esclaves, (qu'on ne peut pas rachepter) dequoy faire quelque menu trafic en vendant de petites marchandises, ou pour achepter des instrumens les plus necessaires, afin de pratiquer la Chirurgie, ou quelqu'autre Art.

Mais il y a deux autres conjonctures dans lesquelles les Peres Redempteurs ont obligation de faire encore d'autres frais considerables : 1°. Quelquefois lors qu'ils ont employé tout leur fonds, & qu'ils sont prests de mettre les voiles au vent, le Bacha, ou s'il n'y en a point qui agisse, le Gouverneur de la Ville, (qu'ils appellent le grand du Divan, ou Belic,) voulant gratifier deux ou trois esclaves, ou plus, qui appartiennent à de leurs amis, ou qui leur sont fort recommandez, fait appeller les Peres ; & usant d'autorité, leur ordonne de rachepter tels & tels esclaves ; & prevenant toutes les excuses qu'on pourroit alleguer alencontre, offre de faire prester les sommes necessaires pour ces rachapts, par des Turcs ou Juifs, moyennant un gros interests par mois.

2°. Souvent le Magistrat ne se mélant pas de secourir les Chrêtiens, ils s'en presentent aux Religieux qui leur font connoistre leur extréme misere, & leur protestent avec sincerité qu'ils perdent patience, & que si on ne les rachepte à ce voyage, leur foiblesse les portera à se procurer illicitement quelque repos , & à sortir de leurs chaînes , & de l'esclavage en reniant leur Foy , & prenant le turban. Alors les Religieux de la Mercy, (qui font un quatriéme Vœu, de demeurer en ostage, & au pouvoir des Turcs, s'il en est besoin, pour le rachapt des fideles Chrestiens) sont obligez en conscience, quoy qu'ils n'ayent pas une piastre de reste, de negocier le rachapt de ces Captifs chancellans en la Foy, d'emprunter de l'argent quoy qu'avec des interests déraisonnables , pour mettre en liberté ces malheureux qui sont sur le bord du precipice, & d'ordinaire de demeurer comme ostages parmy les Infideles, & mesmes dans les chaînes, & en prison, si on ne les veut accepter qu'à cette condition. Au reste , il est vray qu'encore que ces circonstances se rencontrent souvent, neantmoins elles n'arrivent pas à toutes les Redemptions, aussi il n'en est pas fait mention en cette Redemption de 1678.

Les Lecteurs sont advertis que depuis quelques années les Cor-

D

faires d'Alger (à cauſe du traité que le Roy a eu la bonté de faire avec eux) ne prennent plus de François dans les Vaiſſeaux qui portent les drappeaux & étendarts de France ; mais qu'ils pretendent en pouvoir faire eſclaves ſur les autres bâtimens. Deplus, que les pirates de Tripoli, & ſpecialement de Salé ſur l'Ocean, n'ont pas déſiſté ces dernieres années de faire autant de priſes ſur les François qu'auparavant ; de ſorte que ſi la liberalité des Chreſtiens ſe portoit à faire aux Peres de la Mercy, & autres Religieux du bien, pour eſtre appliqué au rachapt des pauvres Captifs, il y auroit toûjours occaſion de l'employer en ce charitable negoce, & on empeſcheroit pluſieurs François de renier leur Foy.

LISTE DES ÉCCLESIASTIQVES, RELIGIEVX, jeunes garçons, filles, & femmes racheptez en la ville d'Alzer en Avril & May 1678. par les Religieux de l'Ordre de Nôtre-Dame de la Mercy, & de quelques Officiers, Soldats & Marchands, dont le rachapt a excedé le prix de la rançon des deux cens quarante-ſept autres retirez auſſi d'eſclavage, & dont les noms ne ſont pas exprimez.

Les Religieux.

* LE Reverend Pere Maiſtre Jean Fernandez Aguado, Religieux de l'Ordre de S. Dominique, natif de Ciudad-Real, âgé de 52. ans, captif depuis neuf ans & demy, a coûté deux mille cent & quarante piaſtres, ou écus. 2140. écus.

Le Reverend Pere Dominique Montero, Religieux de S. Dominique, natif des Iſles de Canaries, âgé de 24. ans, captif depuis un an, a coûté 240. écus.

Le Reverend Pere Bonaventure Forneli, Religieux de S. François, natif de Corcega, âgé de 25. ans, captif depuis un an, a coûté 116. écus.

* Le Reverend Pere Jean Joſeph, Religieux de l'Ordre de S. François, natif de Puerto-Maou, âgé de 39. ans, captif depuis huit ans, a coûté avec les portes 340. écus.

Le Reverend Pere Laurent Pelerin, de l'Ordre de Nôtre-Dame des Carmes, natif de Melazzo, âgé de 25. ans, captif depuis un an, a coûté 200. écus.

Les Preſtres ſeculiers.

Le Sieur Licentié Dom André de la Croix, & du Chaſteau, Receveur de la ſainte Egliſe Cathedrale de Lugo, âgé de 30. ans, & captif depuis trois ans, a coûté avec les portes & les droits du bain,   271. écus & demy.

* Le Sieur Licentié Dom Fernando Marguez, natif de S. Lucar, âgé de 50. ans, captif depuis six mois, a coûté   390. écus.

* Le Sieur Licentié Dom Gregoire Perez Broa, natif de Galice, âgé de 40. ans, captif depuis deux ans, a coûté avec les portes 690. écus.

* Le Sieur Licentié Dom Alonso de Toro & Castro, natif de Seville, âgé de 50. ans, & captif depuis deux ans, a coûté avec les portes   690. écus.

Le Sieur Licentié Dom Frere Antoine Franchipani, natif de Sicile, âgé de 60. ans, captif depuis une année, a coûté   290. écus.

Les jeunes Garçons & Filles.

Marie de la Mer, âgée de trois mois, on n'a rien donné pour son rachapt, parce qu'elle nâquit sur mer, un jour aprés que sa mere fut racheptée & embarquée.

* Federique Marie, native d'Alger, fille de parens Flamands, âgée de deux ans & demy, & captive depuis le mesme temps, a coûté   440. écus.

Jean de Torrés, natif de Matril, âgé de 8. ans, & captif depuis une année, a coûté   540. écus.

* Pierre Sierra, natif de Maillorque, âgé de 14. ans, & captif depuis quatre ans, a coûté   140. écus.

Jacques Fuentes, natif de Maillorque, âgé de 15. ans, captif depuis trois ans, a coûté   185. écus.

Pierre Milan, natif des Canaries, âgé de 15. ans, captif depuis trois ans, a coûté   185. écus & demy.

Luc de Jean, natif de Zaragoça, âgé de 16. ans, captif depuis deux ans, a coûté   165. écus.

Barthelemy du Bain, natif de Maillorque, âgé de 13. ans, captif depuis deux ans, a coûté   160. écus.

Pierre de Moya, natif de Moya en Galice, âgé de 16. ans, & captif depuis deux ans, a coûté   160. écus.

Pierre de Rois, natif d'Ostende, âgé de 15. ans, captif depuis deux ans, a coûté   240. écus.

Dominique de Ocaril, natif de Galice, âgé de 10. ans, captif depuis un an, a coûté   240. écus.

Simon Vicente, natif de Galice, âgé de 12. ans, captif depuis un an, a coûté   240. écus.

Philippes Gonçales, natif du Port de Sainte Marie, âgé de 16. ans, captif depuis quatre ans, a coûté   240. écus.

Michel Mudibarço, natif de Barcelone, âgé de 16. ans, captif depuis huit ans, a coûté   150. écus.

Jean de Silva, natif de Saint Lucar, âgé de 14. ans, captif depuis six mois, a coûté   290. écus.

* Alfonse de Castille, natif du Port de Sainte Marie, âgé de 12. ans, captif depuis six mois, a coûté   310. écus.

François de Oçaril, natif de Camarena en Galice, âgé de 12. ans, captif depuis une année, a coûté   260. écus.

André Rodriguez, natif de l'Isle de S. Domingo en Amerique, âgé de 12. ans, captif depuis deux ans, a coûté   180. écus.

* Dom Eugene Lopez de Arce, natif de Seville, âgé de 14. ans, captif depuis trois mois, a coûté   590. écus.

* Dom Jean de Olmedo, natif de Malgue, âgé de 15. ans, & captif depuis huit ans, a coûté   470. écus.

François de Luque, natif de Seville, âgé de 16. ans, captif depuis six mois, a coûté   260. écus.

Jean Lenfant, natif de Grenade, âgé de 12. ans, captif depuis une année, a coûté   200. écus.

Jean Manüel, natif de Seville, âgé de 15. ans, captif depuis trois ans, a coûté   315. écus.

Baptiste Trilles, natif de Finnal, âgé de 12. ans, captif depuis une année, a coûté   290. écus.

Louis Antoine, natif de Saint Lucar, âgé de 15. ans, captif depuis six mois, a coûté   290. écus.

Dominique de la Croix, natif d'Ayamont, âgé de 10. ans, captif depuis une année, a coûté   265. écus.

Alfonse François, natif de Teverise, âgé de 15. captif depuis une année, a coûté   245. écus.

Charles de Michel, natif de Trapane, âgé de 13. ans, captif depuis une année, a coûté   240. écus.

Bernard Suarez, natif des Canaries, âgé de 15. ans, captif depuis quatre ans, a coûté   150. écus.

Manuel Gallego, natif de Pontenedra, âgé de 6. ans, captif depuis cinq ans, a coûté   175. écus.

Jean Dupin, natif des Canaries, âgé de 14. ans, captif depuis six mois, a coûté   160. écus.

Diego Hernandez, natif des Canaries, âgé de 13. ans, captif depuis six mois, a coûté   190. écus.

Pierre Diaz Gallego, natif de Galice, âgé de 10. ans, captif depuis une année, a coûté   240. écus.

Antoine

Antoine Gil, natif de Maillorque, âgé de 12. ans, captif depuis trois ans, a coûté   190. écus.

Dominique Leon, natif de Port-neuf en Galice, âgé de 15. ans, captif depuis une année, a coûté   225. écus.

Les Femmes.

* Donna Isabelle de Navas, native de Motril, âgée de 36. ans, captive depuis une année, avec les portes, ou droit de sortie de la Ville, a coûté   440. écus.

* Donna Isabelle de Torres, native de Motril, âgée de 30. ans, captive depuis une année, a coûté   340. écus.

Donna Anne Hernandez, natif de Madrit, âgée de 35. ans, captive depuis trois ans, a coûté   290. écus.

Donna Marie de Cardona, native de l'Isle de Minorque, âgée de 36. ans, captive depuis neuf ans, a coûté   240. écus.

Donna Anne Marie, native de Aluberes, âgée de 34. ans, captive depuis quatre ans, a coûté   240. écus.

Petronille de Cigas, native de la Corumna, âgée de 28. ans, captive depuis trois ans, a coûté   240. écus.

Marie Trejo, native de Guadalcanal, âgée de 50. ans, captive depuis quinze ans, a coûté   240. écus.

Marie de Ramos, native de l'Isle de Elyerro, âgée de quarante-deux ans, captive depuis treize ans, a coûté   142. écus.

Marie des Saints, native des Canaries, âgée de 30. ans, & captive depuis dix ans, a coûté   160. écus.

Anne Marie de Christ, native des Canaries, âgée de 22. ans, captive depuis quatre ans, a coûté   240. écus.

Sebastienne Gouçales, native des Canaries, âgée de 26. ans, après avoir souffert les miseres de l'esclavage durant vingt ans, a coûté   210. écus.

Marie Romera native des Canaries, âgée de 26. ans, & captive depuis trois ans, a coûté   210. écus.

* Helene Grafo, native de Final, âgée de 40. ans, captive depuis une année, a coûté   340. écus.

Jeanne de Jesus, native des Canaries, âgée de 30. ans, captive depuis huit ans, a coûté   290. écus.

Marie Langavele, native de Final, âgée de 30. ans, captive depuis trois ans, a coûté   340. écus.

Polonie Medel, native de Flandre, âgée de 60. ans, & captive depuis douze ans, ayant esté déja racheptée, & n'estant plus arrestée

E

dans la Ville, que par impuissance de payer le droit de sortie, a coûté pour ses seules portes   40. écus.

Marie de Mendoça, native de Poutevedra, âgée de 60. ans, & captive depuis quatorze ans, estant déja libre, a coûté pour les seules portes, comme la precedente   40. écus.

Marthe Rodriguez, native de Galice, âgée de 40. ans, & captive depuis six ans, estant déja affranchie, mais n'ayant eu jusques àlors dequoy satisfaire au droit de sortie, a coûté aussi pour ses seules portes   40. écus.

A

ANdré Philippe, de la Palme, âgé de 60. ans, & captif depuis une année, a coûté   215. écus & demy.

Antoine de la Croix, de Pontevedra, âgé de 65. ans, captif depuis deux ans, a coûté   215. écus & demy.

André Gonçalez, de la Palme, âgé de 60. ans, captif depuis huit ans, a coûté   215. écus & demy.

Antoine Mayers, d'Alicante, âgé de 34. ans, captif depuis une année, a coûté   240. écus.

Antoine de Alfaya, natif de Galice, âgé de 22. ans, & captif depuis quatre ans, a coûté   240. écus.

Antoine Ferrer, de Valence, âgé de 33. ans, captif depuis six ans, a coûté   241. écus.

* Antoine de Paz, de Zaragoça, âgé de 30. ans, captif depuis sept ans, a coûté   306. écus.

Antoine de Zaraga, de Villejoyeuse, âgé de 60. ans, captif depuis six ans, a coûté   206. écus.

Alvare de Ugarte, natif de Biscaye, âgé de 20. ans, captif depuis deux ans, a coûté   465. écus.

* Dom Augustin de Montellano, natif de Cadis, âgé de 25. ans, & captif depuis treize ans, a coûté mille quarante écus, 1040. écus.

André Garcia, de Marcie, âgé de 25. ans, captif depuis deux ans, a coûté   271. écus & demy.

Antoine Rodriguez de Saint Jean, natif des Canaries, âgé de 25. ans, avec les portes, & les droits du gardien du Bain, a coûté   271. écus & demy.

Antoine de Prieto, natif de Caçalla, âgé de 68. ans, desquels il en a passé vingt années malheureusement dans sa captivité, a coûté   271. écus & demy.

Antoine Garcia, natif de Veles, âgé de 35. ans, captif depuis huit ans, a coûté   290. écus.

Auguſtin de Saldiva, natif de Lima en Amerique, païs du Perou, âgé de 35. ans, captif depuis cinq ans, a coûté   271. écus & demy.

Antoine Moſquera, natif de Ribadania, âgé de 35. ans, captif depuis dix-huit ans, a coûté   271. écus & demy.

Antoine des Rois, natif des Canaries, âgé de 27. ans, captif depuis quatre ans, a coûté   271. écus & demy.

Antoine de Avila, natif de Avila, âgé de 40. ans, captif depuis une année, a coûté   271. écus & demy.

* Alouſe Lopez, natif de S. Clement, âgé de 80. ans, captif depuis quarante années, a coûté   271. écus & demy.

Antoine Guelioto, natif de Maïllorque, âgé de 22. ans, captif depuis huit ans, a coûté   240. écus.

Amaro Philippe, natif de l'Iſle de la Palme, âgé de 40. ans, captif depuis ſept ans, a coûté   260. écus.

Antoine Laurent, natif de Port-neuf dans la Gallice, âgé de 26. ans, & captif depuis une année, a coûté   230. écus.

B

B Arthelemy Leviſ, natif de Maïllorque, âgé de 26. ans, captif depuis deux ans, a coûté   200. écus.

Barthelemy Nicolas, natif de Saint Lucar de Barramede, âgé de 20. ans, & captif depuis ſix mois, a coûté   240. écus.

Blaiſe Hernandez, natif des Canaries, âgé de 20. ans, & captif depuis une année, a coûté   240. écus.

Bernard Ciutas, natif de Maïllorque, âgé de 44. ans, & captif depuis deux ans, a payé   290. écus.

Blaiſe Lopez, natif de Badajox, âgé de 25. ans, & captif depuis deux ans, a coûté   290. écus.

* Le Capitaine Bernard Calofate, natif de Maïllorque, âgé de 36. ans, & captif depuis trois ans, a coûté   340. écus.

Barthelemy Maugual, natif de Maïllorque, âgé de 55. ans, & captif depuis quatorze ans, a coûté   210. écus.

C

C Hriſtophe Ruiz, natif de Rota, âgé de 42. ans, & captif depuis ſix mois, a coûté   390. écus.

* Criſtophe Garcia, natif de Malgue, âgé de 35. ans, captif depuis dix-huit ans, a coûté   316. écus.

Chriſtophe del Pozo, natif de Seville, âgé de 48. ans, captif depuis une année, a coûté   271. écus & demy.

D

DEnis Pons, natif de Valence, âgé de 28. ans, & captif depuis trois ans, a coûté   265. écus.

Dominique Perez, natif de la Palme, âgé de 40. ans, captif depuis trois ans, a coûté   290. écus.

* Dominique de Prol, natif de Valence, âgé de 38. ans, & captif depuis quinze ans, a coûté   316. écus.

* Le Capitaine Dominique Lopez du Châtel, natif de Seville, âgé de 48. ans, captif depuis six mois, a coûté avec les portes huit cens quarante écus,   840. écus.

* Le Patron Dominique Taffo, Pilote, natif de Cadis, âgé de 60. ans, & captif depuis trois ans, a coûté   840. écus.

Diego Hernandez, natif de Rota, âgé de 37. ans, & captif depuis trois ans, a coûté   271. écus & demy.

Denis de Galuez, natif de Malgue, âgé de 50. ans, & captif depuis vingt-trois ans, a coûté   271. écus & demy.

E

EUfrafe Velafquez, natif de Jaën, âgé de 25. ans, captif depuis cinq ans, a coûté   190. écus.

F

FRançois Gonçales, natif de Ribadefelle, âgé de 28. ans, captif depuis six ans, a coûté   190. écus.

François Rebujon, natif de Final, âgé de 50. ans, captif depuis onze ans, a coûté   215. écus & demy.

* François de la Mata, natif de Moral, âgé de 60. ans, captif depuis trente ans, a coûté   316. écus.

Fernand Garcia, natif de Cordoüe, âgé de 45. ans, captif depuis cinq ans, a coûté   271. écus & demy.

* François Hierôme, natif de Seville, âgé de 30. ans, captif depuis six mois, a coûté   340. écus.

* François d'Efpinola, natif de Saint Lucar, âgé de 28. ans, captif depuis six mois, a coûté   340. écus.

François Sanchez, natif de Alicante, âgé de 22. ans, & captif depuis un an, a coûté   240. écus.

Fernand de Queffada, natif de Alpujarra, âgé de 22. ans, captif depuis cinq ans, a coûté   240. écus.

François Pichard, natif de Mançavilla, âgé de 24. ans, captif depuis trois ans, a coûté   271. écus & demy.

François Gonçalez, natif de Motril, âgé de 51. ans, & captif depuis feize ans, a coûté   271. écus & demy.

François

François Baulon, natif de Maillorque, âgé de 50. ans, & captif depuis neuf ans, a coûté   271. écus & demy.

François de Flores, natif des Canaries, âgé de 23. ans, & captif depuis onze ans, a coûté   240. écus.

Fernand de Giraldo, natif de Saint Lucar, âgé de 19. ans, captif depuis six mois, e coûté   240. écus.

François de Acosta, natif de la Palme, âgé de 36. ans, & captif depuis quatre ans, a coûté   240. écus.

François Rodriguez, natif du Port de Sainte Marie, âgé de 21. ans, & captif depuis quatre ans, a coûté   240. écus.

G

* GRegoire de Noya, natif de Galice, âgé de 50. ans, & captif depuis quinze ans, a coûté   316. écus.

Gonçalez Dupin, natif de Malgue, âgé de 26. ans, captif depuis deux ans, a coûté   271. écus & demy.

Dom Guillaume Vequer, natif de Seville, âgé de 26. ans, & captif depuis deux ans, a coûté   220. écus.

Gabriel de Leon, natif de Seville, âgé de 30. ans, & captif depuis sept ans, a coûté   200. écus.

Gabriel Seguier, natif de Maillorque, âgé de 26. ans, captif depuis cinq ans, a coûté   271. écus & demy.

Gregoire de Roa, natif de Seville, âgé de 40. ans, captif depuis deux ans, a coûté   271. écus & demy.

Gabriel Rodriguez, natif des Canaries, âgé de 48. ans, captif depuis trois ans, a coûté   271. écus & demy.

Guillaume Jean, natif de Maillorque, âgé de 60. ans, & captif depuis sept ans, a coûté   290. écus.

Gabriel Seguier, natif de Maillorque, âgé de 35. ans, captif depuis huit ans, a coûté   200. écus.

Gaspard Gonçalez, natif de Cartagene aux Indes Occidentales, âgé de 24. ans, & captif depuis deux ans, a coûté   255. écus & demy.

Gaspard Alonso, natif de Gibraltar, âgé de 30. ans, captif depuis six ans, a coûté   255. écus.

I

JEan Charles, natif de Final, âgé de 54. ans, & captif depuis vingt-sept ans, a coûté   215. écus & demy.

Jean Maillorquain, natif de Maillorque, âgé de 28. ans, & captif depuis cinq ans, a coûté   240. écus.

* Jean Fernandez, natif de Ville-Robledo, âgé de 40. ans, captif depuis dix-huit ans, a coûté   316. écus.

Jayme Chapoli, natif d'Alicante, âgé de 28. ans, & captif depuis une année, a coûté 240. écus.

Jean Solis, natif de l'Ifle de Saint Philippe de Jefus, âgé de 24. ans, & captif depuis cinq ans, a coûté 200. écus.

Jean des Rois, natif de Saint Lucar, âgé de dix-huit ans, captif depuis une année, a coûté 255. écus.

Jean de Coria, natif de Malgue, âgé de 25. ans, & captif depuis deux ans, a coûté 271. écus & demy.

Jean Ventura, natif de Seville, âgé de 30. ans, & captif depuis six ans, a coûté 240. écus.

*Jean Martin Lazareno, natif de Saint Lucar, âgé de 17. ans, captif depuis six mois, a coûté quatre cent foixante-cinq écus, 465. écus.

Jofeph Serrano, natif d'Alicante, âgé de 30. ans, & captif depuis une année, a coûté 240. écus.

Jofeph Ripol, natif de Valence, âgé de 43. ans, captif depuis neuf ans, a coûté 271. écus & demy.

Jean Dominquez, natif de Galice, âgé de 50. ans, & captif depuis ans, a coûté 271. écus & demy.

Jayme Louïs, natif de Maillorque, âgé de 40. ans, & captif depuis une année, a coûté 240. écus.

Jean Trelles, natif de Final, âgé de 50. ans, & captif depuis une année, a coûté 290. écus.

Jofeph Rufeles, natif de l'Ifle d'Yvice, âgé de 55. ans, captif depuis neuf ans, a coûté 290. écus.

Jofeph Gras, natif de Sicile, âgé de 28. ans, & captif depuis deux ans, a coûté 290. écus.

Jean de Villalfon, natif de Final, âgé de 48. ans, captif depuis deux ans, a coûté 290. écus.

Jean Rodriguez, natif d'Almeria, âgé de 30. ans, captif depuis une année, a coûté 290. écus.

Jean Gomez, natif de Truxillo, âgé de 35. ans, captif depuis une année, a coûté 260. écus.

Jofeph Aleman, natif de Maillorque, âgé de 36. ans, captif depuis une année, a coûté 200. écus.

Jofeph Solbella, natif de Orihuela, âgé de 40. ans, & captif depuis une année, a coûté 290. écus.

Jean Velis, natif de Maillorque, âgé de 35. ans, & captif depuis douze ans, a coûté 255. écus.

Jofeph Ferrer, natif des Canaries, âgé de 24. ans, & captif depuis une année, a coûté 244. écus.

Jean Diego, natif des Canaries, âgé de 30. ans, captif depuis trois ans, a coûté   240. écus.

Joseph Garcia, natif de Grenade, âgé de 32. ans, captif depuis cinq ans, a coûté   271. écus & demy.

Joseph de Couvreras, natif de Ronda, âgé de 30. ans, & captif depuis quatre ans, a coûté   271. écus & demy.

Jean de Pazos, natif de Poutevedra, âgé de 55. ans, captif depuis une année, a coûté   240. écus.

Joseph Luc, natif de Vivaros, âgé de 60. ans, aprés avoir souffert l'esclavage durant 30. ans, a coûté   240. écus.

Jean Garcia, natif de Velez, âgé de 26. ans, captif depuis huit ans, a coûté   250. écus.

Jean Manuel, natif de Seville, âgé de 20. ans, captif depuis deux ans, a coûté   200. écus.

Jean Villa, natif de Saint Paul, âgé de 38. ans, captif depuis une année, a coûté   260. écus.

L

LUc Gonçalez de Sepulvera, natif des Canaries, âgé de 38. ans, captif depuis neuf ans, a coûté quatre cens soixante-dix écus,   470. écus.

* Laurent Sierra, natif de Valence, âgé de 42. ans, captif depuis neuf ans, a coûté   316. écus.

Laurean Cabeças, natif de Saint Lucar de Barrameda, âgé de 20. ans, & captif depuis deux ans, a coûté   271. écus & demy.

Lazare Ruano, natif de Velez Malaga, âgé de 38. ans, captif depuis vingt ans, a coûté   271. écus & demy.

Laurent Germain, natif de Cadis, âgé de 24. ans, & captif depuis une année, a coûté   271. écus & demy.

Laurent Escarça, natif de Naples, âgé de 20. ans, captif depuis six ans, a coûté   255. écus & demy.

Laurent de Villamasa, natif des Passages, âgé de 22. ans, captif depuis deux ans, a coûté   213. écus & demy.

Louïs Portes, natif d'Alicante, âgé de 40. ans, & captif depuis une année, a coûté   240. écus.

M

MAthieu Vaillant, natif de Maillorque, âgé de 23. ans, captif depuis six ans, a coûté   240. écus.

Melchior Gonçalez, natif de Cartagene des Indes, âgé de 22. ans, captif depuis deux ans, a coûté   271. écus & demy.

Manüel Gonçalez, natif de Saint Lucar, âgé de 28. ans, captif depuis cinq ans, a coûté   271. écus & demy.

*Louïs Navarre, natif de Almeria, âgé de 28. ans, captif depuis huit ans, a coûté   271. écus & demy.

Michel Mates, natif de Maillorques, âgé de 35. ans, captif depuis neuf ans, a coûté   271. écus & demy.

Manuel Piqueto de Final, âgé de 30. ans, captif depuis quatre ans, a coûté   290. écus.

Michel Bosque de Maillorque, âgé de 38. ans, captif depuis dix ans, a coûté   190. écus.

Michel Rodriguez, natif de Saint Lucar, âgé de 40. ans, & captif depuis trois ans, a coûté   240. écus.

Manüel Perez, natif de Ayamonte, âgé de 70. ans, aprés avoir souffert l'esclavage durant 29. ans, a coûté   215. écus & demy.

Manüel Rodriguez, natif de Poutevedra, âgé de 70. ans, captif depuis deux ans, a coûté   215. écus & demy.

Melchior Fuente, natif de Xative, âgé de 22. ans, & captif depuis trois ans, a coûté   240. écus.

Michel l'Ange, Maillorquain, âgé de 33. ans, captif depuis neuf ans, a coûté   190. écus.

Michel de Santiago, natif de Galice, âgé de 27. ans, captif depuis quatre ans, a coûté   240. écus.

*Manüel Morillo, natif de Loia, âgé de 50. ans, captif depuis douze ans, a coûté   406. écus.

*Marc Pavia, natif de Valence, âgé de 35. ans, captif depuis huit ans, a coûté   306. écus.

Martin de Cardevos, natif de Grenade, âgé de 36. ans, captif depuis cinq ans, a coûté   271. écus & demy.

Michel de Galarde, natif de Biscaye, âgé de 44. ans, & captif depuis deux ans, a coûté   220. écus.

N

Nicolas Navarro, natif de Valence, âgé de 50. ans, captif depuis dix ans, a coûté   240. écus.

O

Onufre Martel, natif de Maillorque, âgé de 19. ans, captif depuis cinq ans, a coûté   240. écus.

P

Pierre Galan, natif d'Alicante, âgé de 18. ans, captif depuis vne année, a coûté   210. écus.

Pedro Hidalgo, natif de Rota, âgé de 27. ans, aprés avoir souffert l'esclavage durant vingt ans, a coûté   271. écus & demy.

Pierre

Pierre Sanchez, natif de Motril, âgé de 44. ans, & captif depuis dix-neuf ans, a coûté   271. écus & demy.

Pierre Barbier, natif de Badajos, âgé de 31. ans, captif depuis deux ans, a coûté   290. écus.

Pierre Perez, natif de Galice, âgé de 72. ans, captif depuis une année, a coûté   290. écus.

* Le Capitaine Dom Pedro de Valda, natif de Madrit, âgé de de 24. ans, captif depuis trois ans, a coûté deux mille cinq cens écus.   2500. écus.

* Pedro Rodrigo de la Barreda, natif d'Alcala, âgé de 25. ans, captif depuis cinq ans, a coûté   200. écus.

* Pierre Martin, natif de Fuente la Penna, âgé de 48. ans, & captif depuis treize ans, a coûté   316. écus.

Pierre Siller, natif de Maïllorque, âgé de 26. ans, captif depuis neuf ans, a coûté   270. écus.

Pierre del Rosal, natif de Saint Lucar, âgé de 20. ans, captif depuis deux ans, a coûté   240. écus.

Pierre Duarte, natif de Seville, âgé de 25. ans, captif depuis dix-huit mois, a coûté   240. écus.

R

R Aphaël Rivas, natif de Maïllorque, âgé de 35. ans, captif depuis huit ans, a coûté   271. écus & demy.

Rodrigo Alonso, natif de Guelga, âgé de 50. ans, captif depuis treize ans, a coûté   200. écus.

S

S Ebastien Ramirez, natif des Isles de Canaries, âgé de 24. ans, captif depuis cinq ans, a coûté   240. écus.

Salvador Roiel, natif de Catalogne, âgé de 44. ans, & captif depuis une année, a coûté   290. écus.

Sebastien de Audiada, natif de Ledesma, âgé de 19. ans, & captif depuis une année, a coûté   290. écus.

Salvador de Vilche, natif de Archidona, âgé de 35. ans, & captif depuis huit ans, a coûté   271. écus & demy.

T

* L E Capitaine Dom Thomas Arraez de Meudaza, Chevalier de l'habit de Christ, natif de Ceuta en Barbarie, âgé de 45. ans, captif depuis neuf ans & demy, a coûté mil neuf cens quarante écus,   1940. écus.

G

V

Vincente Riano, natif de Milan, âgé de 36. ans, captif depuis neuf ans, a coûté　　　　　　　　　　　　　205. écus.

Permis d'imprimer : Fait ce 28. de Septembre 1678.
DE LA REYNIE.

ALEXANDRE PAPE IV.

Aux bien-faicteurs de l'Ordre de la Redemption des Chrestiens Captifs, l'an 1260.

Aprés leur avoir accordé plusieurs Indulgences, il finit ainsi sa cinquiéme Bulle.

NOus voulons que tous les bien-faicteurs de cette sainte Redemption des Captifs ayent part aux fruits de toutes les Messes & Sacrifices, qui avec la grace de Dieu se celebreront, & seront offerts dans toute l'estenduë du Pontificat de Rome, & dans toutes les autres Eglises qui en dépendent, comme membres. Nous desirons, que tous ceux qui s'employeront pour l'avantage & vtilité de cette pieuse entreprise du rachapt des esclaves, ayent avec eux la paix, & la benediction de Nostre-Seigneur; & qu'en consideration du service qu'ils y rendront par leurs prieres, soins, & aumônes, ils reçoivent toute prosperité spirituelle & temporelle, & joüissent un jour de la vie eternelle.

MANDEMENT

DE MONSEIGNEUR L'ARCHEVESQUE,

Pour la Redemption des Captifs, & pour la publication des Pardons & Indulgences accordées par nos faints Peres les Papes à l'Ordre de Noftre-Dame de la Mercy,

En faveur des bien-faicteurs defdits Captifs, & des Confreres & Sœurs de la Confrairie du mefme Ordre.

FRANÇOIS par la grace de Dieu, & du faint Siege Apoftolique, Archevefque de Paris, Commandeur des Ordres du Roy, Duc & Pair de France ; A tous Curez & Superieurs des Maifons Seculieres, & Regulieres de noftre Diocefe, Salut & benediction. L'Eglife ayant toûjours regardé le rechapt des Captifs, comme une des principales œuvres de mifericorde, & mis tout en ufage pour empefcher les Chrêtiens qui gemiffent dans les chaînes, & fous la tyrannie des Infideles, ou de perir par la difette, ou de renoncer à la Foy qu'ils ont reçeuë avec le Baptême ; Il a plû à Dieu de fufciter des perfonnes qui ont travaillé à la fanctification de leurs ames par une application toute finguliere à ces actions de charité, & mefme fondé des Ordres, dont l'employ particulier devoit eftre celuy de procurer la liberté aux pauvres Efclaves. L'Ordre de Noftre-Dame de la Mercy non feulement eft de cette inftitution ; mais encore s'eft fignalé depuis l'an 1218. par les rachapts confiderables que les Religieux de cét Ordre ont fait depuis ce fiecle-là jufqu'à prefent, avec autant de charité que dépenfe, jufqu'à demeurer pour eux en ôtage, felon l'obligation de leur quatriéme Vœu. Le temps prefent nous en fournit un exemple tout recent, lefdits Religieux ayans ramené cette année de Salé un grand nombre de Captifs François, que les Infideles du Royaume de Fez avoient mis dans les fers. Ces confiderations nous engagent de recommander une devotion fi fainte dans l'étenduë de noftre Diocefe, & d'exciter les peuples à faire des aumofnes pour la redemption

des Captifs, & de joüir des Indulgences que plusieurs Papes depuis l'année 1230. ont accordées aux personnes qui contribuëroient
de leurs biens au soulagement que ces Religieux procurent aux pauvres Esclaves : & desquelles les Confreres & Sœurs de la Confrairie
dudit Ordre sont aussi participans. A CES CAUSES, Nous
vous mandons de recommander aux jours des principales Festes
de l'année dans vos Prônes, & vos Predications le rachapt & le
soulagement desdits Esclaves, & d'avertir les peuples que par ce
moyen ils auront part aux Indulgences accordées par le saint Siege.
DONNE' à Paris en nostre Palais Archiepiscopal, ce dix-neufiéme
Novembre mil six cens soixante & quatorze.

Fr. *Archevesque de Paris.*

Par Monseigneur,
MORANGE.